VENTE

Du Lundi 25 Avril 1904

HOTEL DROUOT, SALLE Nº 9

à deux heures

DESSINS

PROVENANT

DU

COURRIER FRANÇAIS

Mᵉ Raymond PUJOS, commissaire-priseur

M. KLEINMANN, expert

CATALOGUE

DES

DESSINS

PROVENANT DU

" COURRIER FRANÇAIS "

DESSINS ORIGINAUX & AQUARELLES DE

CHÉRET (Jules).
DUMONT (M.).
FONTANEZ.
FORAIN.
HEIDBRINCK.
HELLEU.
HERMANN-PAUL.
LAMI (M. G.).
LEGRAND (Louis).
MANUEL.
MORIN (Louis).
MULLER.

PHIL MAY.
PILLE (Henri).
ROBBE (Manuel).
ROBIDA.
ROEDEL.
ROPS Félicien.
ROUBILLE.
SIME.
TILLY.
VILLON (Jacques).
WIDHOPFF.
WILLETTE (A.).

Dont la Vente aura lieu :

HOTEL DROUOT, SALLE N° 9

LE LUNDI 25 AVRIL 1904

à 2 heures

COMMISSAIRE-PRISEUR
M. RAYMOND PUJOS

EXPERT
M. KLEINMANN
8, rue de la Victoire

EXPOSITIONS

Particulière : Chez M. KLEINMANN, 8, rue de la Victoire
Les Vendredi, 22, et Samedi, 23 avril, de 10 heures à 6 heures
Publique : HOTEL DROUOT, SALLE N° 9
Le Dimanche 24 avril 1904, de 2 heures à 6 heures

CONDITIONS DE LA VENTE

Elle sera faite au comptant.

Les acquéreurs paieront *dix pour cent* en sus des prix d'adjudication.

N. B. — Le droit de reproduction des dessins est formellement réservé.

DÉSIGNATION

CHÉRET (JULES)

1. — Dessin à la sanguine.
2. — Réduction de l'affiche du *Courrier Français* (épreuve).

3. — Réduction de l'affiche « Quinquina Dubonnet » (épreuve rare).

DUMONT

4. — Pour moi aussi, v'là les vacances!

FONTANEZ

5. — *Les Dernières consolations.* — LE MORIBOND : « V'là le bon Dieu, j'suis fichu ! »

6. — Vaine attente.

7. — Premières chaleurs.

8. — Ironie du sort : « Et dire que, dans ma jeunesse, les lorettes vieillies m'ont fait rire ! »

9. — Dites, M'sieu le curé, y doit y faire bon, tout de même, en enfer ?

FORAIN

10. — Enfin seule !

11. — Danseuses.

HEIDBRINCK

HELLEU

HERMANN-PAUL

LAMI (M. G.)

18. — La mode du *Courrier Français*.

19. — *Vision printanière*. — Heureux temps des cerises!
Rien ne vous évoque plus agréablement que le déli-
cieux Cherry-Brandy de Lucas Bols !

20. — Petit costume pour pêcher à la ligne.

LEGRAND (Louis)

21. — Croquis.

MANUEL

22. — Dans un music-hall à Londres.

MORIN (Louis)

23. — *Le Courrier Français*.
24. -- Voici le printemps! (aquarelle).
25. — *Le Courrier Français* nouvelle manière (1903).
26. — Tout à l'heure. Ecoute encore cette petite chanson.
27. — Pour un menu de la Poule au Pot (1902).

MULLER

28. — Les cygnes.

PUR SANG

PHIL MAY

29. — Types anglais.
30. — Types anglais.

31. — Policeman et baby.
32. — Types anglais.

PILLE (HENRI)

33. — Les Reîtres.
34. — Le 16ᵉ chasseurs à Witepsk.
35. — Les cuirassiers de Milhaud chargeant la légion
hanovrienne à Waterloo.
36. — Soult à Austerlitz.

37. — Légende hollandaise.
38. — Saint Roques.
39. — Tabarin.

ROBBE (Manuel)

40. — La tasse de café.
41. — Coucher de divettes.
42. — Le repos du modèle.

43. — Printemps.
44. — Inquiétude.

ROBIDA

45. — Dessin pour le Bal Gavarni.

ROEDEL

46. — Au bal du *Courrier Français*.

ROPS (Félicien)

47. — Le Déjeuner de Junon (aquarelle).

ROUBILLE

48. — Mort du gueux.

49. — Une bonne nuit.

SIME

50. — L'Enfer.

TILLY

51. — La Race chevaline. Pur sang.
52. — Danois et King-Charles.

VILLON Jacques

53. — *Inévitable :* — Et maintenant vous allez me mépriser !

54. — Devenue femme chic : — Et puis tu sais, mon petit,
maintenant je ne dis plus merde !

55. — Les Trois Grâces.

56.   Les Potaches : — Elle n'est pas jolie, jolie, mais elle
a un corps !...

57. — Soupers parisiens : « Le Roi boit ! »

58. — Les Satyres. — Marchez dans la boue... marchez
dans la boue... marchez...

59. — Gigot à l'ail : — Dis donc, Georges, je retiens la
gousse.

WIDHOPFF

60. — La p'tite femme de café-concert.
61. — La Pythonisse de la place Blanche.
62. — Une grande coupable !
63. — Les bains de mer de la plage Pigalle.
64. — Bébé-Roi.
65. — Souvenirs d'antan.
66. — L'armée, le peuple, la bourgeoisie !
67. — Une bonne blague.
68 — Place Pigalle, au petit jour

69. — Les Deux mannequins.
70. — Tête de Bacchante.
71. — L'œillet.
72. — Un verre de Bols, par un temps de neige.
73. — La gardeuse de chèvres.

81. — L'adoration perpétuelle.

82. — Bas noirs contre bas blancs.

83. — Mme Clémence de Pibrac (portrait).

84. — La jeune mère.

85. — Le dernier verre de « Cordon rouge ».

86. — Sur la plage de Cherbourg.

87. — Comment elles se rafraîchissent.

88. — Retour de voyage.

89. — Les bains froids en Seine.

90. — Mme Gaby Deslys (portrait).

91. — Le rêve du violoniste.

92. — Otero chez elle.

WILLETTE (A.)

93. — Le *Courrier Français* est toujours debout! (1891.)
94. — Paris (dessin aquarellé).
95. — L'étoile de café-concert.
96. — En l'an 1904 : « Hou, hou, elle est pour homme! »
97 — La rue de la Paix (dessin aquarellé).

98. — Le rideau du Shocking-Theatre (pour la revue de *Chacun sa muse*, de MM. Raoul Ponchon et Jules Roques, représentée à l'Alcazar d'Eté) (dessin aquarellé).

99. — La tasse de lait.

100. — Costumes pour la revue des *Demi-Vierges*, de MM. Jules Roques et Hugues Delorme.

101. — La 15e année du *Courrier Français*.

102. — Pour la *Revue en fêtes* de MM. Jules Roques et H. Delorme, représentée aux Ambassadeurs.

103. — Pour un bal du *Courrier Français* à l'Elysée-Montmartre.

104. — Carte de visite du *Courrier Français* (1901).

105. — Diplôme du Dîner de faveur (épreuve coloriée).

106. — Les nourrices (costumes pour la revue *Chacun sa muse*).

107. — La muse de Paris (dessin aquarellé).

108. — Les nourrices.

109. — Costumes pour la revue des *Demi-Vierges*.

110. — Les véhiculeurs de la pensée (épreuve sur chine unique).

111. — Les Demi-Vierges (épreuve unique).

La 15ᵐᵉ Année du Courrier Français

112. — Dessin de la carte d'invitation au Bal blanc du
Courrier Français (20 avril 1895).

113. — Le Dîner de faveur (dessin aquarellé).

114. — Le *Courrier Français* entre la Folie et la Sagesse.

115. — *Parce, Domine* (épreuve rare).

116. — Toujours fraîche et parfumée, ma chère tante !
(*A part.*) Ah ! maudit sois-tu, Pippermint Get !

117. — Automne : — Du cor n'entends-tu pas le son : ton
ton ton taine ton ton !

118. — Le Cortège du *Courrier Français* (Willette-Louis-
Philippe) au bal Gavarni.

Willette, nº 118

119. — Pierrot aime le « Cordon rouge ».

120. — Pour un menu de la Poule au Pot.

121. — Allégorie champêtre.

122. — La Folie : — J'ai maintenant deux aveugles à conduire !

123. — En l'an 2000.

124. — Epreuve sur chine pour le banquet des Goncourt
  (très rare).

125. — L'Odéon, la Comédie-Française, le Grand Opéra,
  l'Opéra-Comique et les Variétés.

126. — La petite négresse.

127. — Printemps.

128. — Aie pas peur, ma bonne année, le *Courrier Français* t'enlèvera aussi gaiement que tes aînées !

129. — Et où va la bourgeoise ? Au concert des Ambassadeurs.

130. — Au bal Gavarni. Les demoiselles d'honneur. L'at-
tentat.

131. — Vue prise instantanée de l'entrée du bal virginal
du *Courrier Français*.

132. — La jolie vélocipédiste.

133. — Il est défendu de s'asseoir !

134. — La légende de sainte Ursule.

135. — Le baiser de Pierrot (épreuve lithographique).

136. — Costumes pour la revue *Chacun sa muse.*

137. — Le complot du restaurateur..... du Dîner de la
Poule au Pot. — Sauve qui pot !

138. — Que voulez-vous prendre ?? — L'air est vif, le
matin, surtout en cette saison, dit la condamnée.
Et je veux aller à l'échafaud, guérie de mon
rhume : donnez-moi deux ou trois Pastilles
pectorales !

139. — Diplôme du Dîner de faveur.

140. — Chut ! prenez des Pastilles pectorales !

141. — Chacun sa muse (épreuve en bistre).

142. — Mon cher Ducarre, soyez sans inquiétude, suis
en train de faire des études pour notre *Revue
en plein air.*

LE
COURRIER FRANÇAIS ILLUSTRÉ
(21ᵉ Année)

DIRECTEUR : M. JULES ROQUES

Le plus artistique des journaux illustrés

Prix de l'Abonnement : Un an, 25 francs.

NOMBREUSES PRIMES RÉSERVÉES AUX ABONNÉS

Deux Fauteuils sont offerts chaque année aux abonnés d'un an pour chacune des deux représentations théâtrales organisées exclusivement à leur intention.

Prix du Numéro : 0 fr. 50

dans tous les Kiosques, Gares, Librairies et aux Bureaux du " Courrier Français "

10, Avenue Trudaine, à Paris.

Imp. Chaponet, 7, rue Bleue, Paris.